Eduard Sievers

Das Hildebrandslied

Antigonos

Eduard Sievers

Das Hildebrandslied

Unveränderter Nachdruck der Originalausgabe von 1872.

1. Auflage 2024 | ISBN: 978-3-38640-761-8

Antigonos Verlag ist ein Imprint der Outlook Verlagsgesellschaft mbH.

Verlag: Outlook Verlag GmbH, Zeilweg 44, 60439 Frankfurt, Deutschland
Vertretungsberechtigt: E. Roepke, Zeilweg 44, 60439 Frankfurt, Deutschland
Druck: Libri Plureos GmbH, Friedensallee 273, 22763 Hamburg, Deutschland

DAS

HILDEBRANDSLIED,

DIE

MERSEBURGER ZAUBERSPRÜCHE

UND DAS

FRÄNKISCHE TAUFGELÖBNIS.

MIT

PHOTOGRAPHISCHEM FACSIMILE

NACH DEN HANDSCHRIFTEN HERAUSGEGEBEN

VON

EDUARD SIEVERS.

HALLE,

VERLAG DER BUCHHANDLUNG DES WAISENHAUSES.

—

1872.

Die vorliegende ausgabe sucht dem bei einer ganzen reihe der wichtigsten ahd. denkmäler immer fühlbarer werdenden bedürfnis nach zuverlässigen grundlagen für die kritik entgegen zu kommen. Wilhelm Grimms facsimile des Hildebrandsliedes, für seine zeit musterhaft, leidet gegenüber den gesteigerten anforderungen der heutigen wissenschaft an manchen kleinen mängeln, welche auch durch die spätern ihrerseits von neuen und bedeutenderen fehlern nicht freien collationen von Massmann (in den Münchner gelehrten anzeigen 1850. XXXI. sp. 457 ff.) und Grein nicht vollständig beseitigt wurden. Noch weniger tadelfrei ist die durch Jacob Grimm mitgeteilte durchzeichnung der Zaubersprüche, die insbesondere den eigentümlichen schriftcharakter der sprüche so wenig getreu darstellt, dass man fast versucht werden könnte die unmittelbar folgenden lateinischen zeilen derselben hand zuzuschreiben. — Ich gebe deshalb neben einem getreuen abdruck der texte nach wiederholter genauer prüfung der hss. eine photographische nachbildung derselben, die namentlich über mehrere für kritische fragen in betracht kommende punkte, wie besonders die in den anmerkungen zum Hildebrandsliede zusammengestellten ziemlich zahlreichen correcturen, mit grösserer sicherheit urteilen lässt, als diess bei einem lithographierten facsimile möglich ist. Beim Hildebrandsliede war es freilich um die zu diesem behufe besonders notwendige schärfe und deutlichkeit zu erzielen, unumgänglich geboten das original in etwas verklei-

nertem massstabe wiederzugeben. Der unterschied beträgt jedoch auf die ganze blatthöhe nur etwas über einen halben zoll, sodass das gesammtbild kaum darunter leidet. Die photographien der Zaubersprüche und des Taufgelöbnisses hingegen, deren herstellung mit freundlichster zuvorkommenheit herr regierungsrat dr. Bezzenberger in Merseburg vermittelt hat, besitzen genau die grösse des originals.

Jena.

E. S.

DAS HILDEBRANDSLIED.

Jk gihorta ðatseggen ðat sih urhettun ꞌæ^nonmuo
tin . hiltibraht entihaðubrant . untar heriuntuem,
sunu fatarungoꞌ Iro saro rihtun ꞌ garutun śe iro
guðhamunꞌ gurtun sih.iro.suert ana . helidos
5 ubarringa do sie to dero hilt₁u ritun . hiltibraht
gimahalta heribrantes   sunu. her uuas heroro
man ferahes frotoro . her fragen gistuont fohem
uuortum.ẃersinfater ẃari fireo In folche eddo
ẃelihhes cnuosles dusis . ibu du mi ęnan sages . ik
10 midco dreuuet chind In chuninc riche . Chud ist
min alirmin deot . hadubraht gimahalta hilti
brantes sunu dat sagetun mi usereliuti altc anti
frote dea érhina ẃarun . dat hiltibrant hætti
min fater . ihheittu hadubrant . forn her ostar
15 gili ueit flohher otachresnid hina miti theotrihhe.
enti sinero degano filu . her fur laet Inlante luttila
sitten prut Inbure barn unẃahsan arbeo laosa.
hera& ostar hina d& sid detrihhe darba gi
stuontum fatereres mines . dat uuasso friunt
20 laos man herwas otachre ummettirri dega
no dechisto unti deotrichhe darba gistontun
her was eo folches at enteimo ṕuaseo feh&a tilcop.
chud ẃas.her chonnem mannum ni ẃaniu ih
iu lib habbe w&tu irmingot quad

Ik gihorta ðat seggen
ðat sih urhettun ænon muotin
Hiltibrant enti Haðubrant untar heriun tuem
sunufatarungo iro saro rihtun
garutun se iro guðhamun gurtun sih iro suert ana
helidos ubar hringa do sie to dero hiltiu ritun
Hiltibrant gimahalta Heribrantes sunu her uuas heroro man
ferahes frotoro her fragen gistuont
fohem uuortum wer sin fater wari
fireo in folche
eddo welihhes cnuosles du sis
ibu du mi enan sages ik mi de odre uuet
chind in chunincriche chud ist mi al irmindeot
Haðubrant gimahalta Hiltibrantes sunu
dat sagetun mi usere liuti
alte anti frote dea erhina warun
dat Hiltibrant hætti min fater ih heittu Hadubrant
forn her ostar giweit floh her Otachres nid
hina miti Theotrihhe enti sinero degano filu
her furlaet in lante luttila sitten
prut in bure barn unwahsan
arbeo laosa her raet ostar hina
des sid Detrihhe darba gistuontun
fateres mines dat uuas so friuntlaos man
her was Otachre ummet tirri
degano dechisto unti Deotrichhe darba gistontun
her was eo folches at ente imo was eo fehta ti leop
chud was her chonnem mannum
ni waniu ih iu lib habbe . . . . wettu irmingot

hiltibraht obana ab hewan · dat du neo dana halt mit s[us]
[sippan] man dinc ni gileitos · want her do ar arme · wuntane
[b]auga · chesuringu gitan · so imo se der chuning gap
huneo truhtin · dat ih dir it nu bi huldi gibu · hadubraht
gimahalta · hiltibrantes sunu · [mit geru scal] man geba infa-
han · ort widar [orte] · du bist [dir] alter Hun ummet spaher
spenis mih mit dinem wortun · wili mih dinu speru wer-
pan · pist also gialtet man · so du ewin inwit fortos ·
dat sagetun mi seolidante westar ubar wentilseo dat
man wic furnam · tot ist hiltibrant heribrantes suno ·
hiltibraht gimahalta heribrantes suno · welaga nu waltant
[got] in dinem hrustim dat du habes heme herron goten
dat du noh bi desemo riche recheo ni wurti · pida
ganu pitante got quad hiltibrant wewurt skihit ·
ih wallota sumaro enti wintro sehstic urlante · dar
man mih eo scerita infolc sceotantero · so man mir at
burc enigeru banun ni gifasta · Nu scal mih suasat
chind · suertu hauwan · breton mit sinu billiu · eddo
ih imo ti banin werdan · doh maht du nu aodlihho [...]
ibu dir din ellen taoc · in sus heremo man hrusti gi-
winnan · rauba bihrahanen · ibu du dar enic reht ha-
bes · der si doh nu argosto quad hiltibrant ostar liuto
der dir nu wiges warne nu dih es so wel lustit · gudea
gimeinun niuse de motti · wer dar sih [hiutu] dero hregilo
hruomen muotti · erdo desero brunnono bedero wal-
tan · do lettun se erist asckim scritan · scarpen scurim ·
dat in dem sciltim stont · do stoptun tosamane staim-
bort chludun · heuwun harmlicco huitte scilti ·
unti im iro [illegible]

25 hiltibraht obana abheuane dat du neo danahalt mit sus
sippan man dinc nigileitos . ẃant her do ararme wuntane
bouga cheisuringu gitan . so Imo seder chuning gap
huneo truhtin . dat ih dirit nubi huldi gibu . hadubraht
gimalta hiltibrantes sunu . mit geru scalman geba Infa.
30 han ort widar orte . dubist dir alter hun ummet spaher
spenis mih mit dinem ẃuortun ẃilimih dinu speru ẃer
pan . pist also gialt& man so du eẃin Inẃit fórtos .
dat sagetun mi sẹo lidante ẃestar ubar ẃentil sẹo dat
man ẃic furnam . tot ist hiltibrant heribrantes suno .
35 hiltibraht gimahalta heribtes suno . ẃelagisihu ih
Indinem hrustim dat du habes heme herron goten
dat du noh bidesemo riche reccheo niẃurti . ẃela
ganu ẃaltant got quad hiltibrant ẃeẃurt skihit .
ih ẃallota sumaro enti ẃintro sehstic urlante . dar
40 man mih eo scerita Infolc sceotantero soman mir at
burc ẹnigeru . banun nigi fasta . Nu scal mih suasat
chind . suertu hauẃan breton mit sinu billiu eddo
ih imo tibanin ẃerdan . doh maht dunu aodlihho
ibu dir din ellen taoc . In sus heremo man hrusti gi
45 ẃinnan rauba bihrahanen . ibu du dar enic reht ha
bes . der si dohnu argosto quadhiltibrant ostar liuto
der dir nu ẃiges ẃarne nu dih esso ẃel lustit . gudea
gimeinun niusedemotti . ẃerdar sih́ dero hiutu hregilo
hrumen muotti . erdo desero brunnono bedero uual
50 tan . do lẹttun se ærist asckim scritan scarpen scurim
dat Indem sciltim stont . do stoptū tosamane staim
bort chludun . heẃun harm licco huittẹ scilti .
unti im iro lintun luttilo ẃurtun giẃigan miti wäbnū.

DIE MERSEBURGER ZAUBERSPRÜCHE.

Eiris sazun idisi sazun hera duoder suma
hapt heptidun sumaherilezidun suma elu
bodun umbicuonio uuidi insprinc hapt
bandun inuar uigandun.H.

P^hol ende uuodan uuorun ziholza duuuart   5
demobalderes uolon sinuuoz birenkiĉt
thubiguolen sinhtgunt . sunna era suister
thubiguolen friia uolla era suister thu
biguolen   uuodan so he uuola conda
sosebenrenki sosebłuotrenki soselidi   10
renki ben zibena bluot zibluoda
lid zigeliden sosegelimida sin

Omp̄s sēpiterne dē̄s quifacis mirabilia mag
na solus. p̄tende sup famulū tuū . N . & sup
cunĉtas congregationes illis cōmissas spm̄   15
gratie salutaris. & ut inueritate tibi conpla
ceant ppetuum eis rorem tue benediĉtio
nis infunde.

[illegible]

Omnipotens sempiterne deus qui facis mirabilia magna solus. praetende super famulum tuum .N. et super cunctas congregationes illis commissas spiritum gratiae salutaris. et ut in veritate tibi complaceant perpetuum eis rorem tuae benedictionis infunde. ⳨

DAS FRÄNKISCHE TAUFGELÖBNIS.

Interrogatio sacerdotis.
Forsahhistu unholdun. Ih fursahu.
Forsahhistu unholdūn uuerc.
Indiuuillon. Ihfursahhu.
5 Forsahhistu allemthem bluostrū
Indidengelton. Indidengotum. thie
im. heideneman. zigeldom. entizigo
tum habent., Ih fursahhu.
Gilaubistu Ingot fater almahtigan Ih
10 Gilaubistu Inchrist⸝ ⌐gilaubu.,
gotes sun nerienton:, Ihgilaubu.,
Gilaubistu Inheilagangeist.Ihgilaub.
Gilaubistu einangot. almahtigan.
Inthrinisse. Inti Incinisse . Ihgilaub.
15 Gilaubistu heilagagotes chirichun.Ihgil.
Gilaubistu thuruh taufunga
sunteono forlaznessi. Ih gilaub.
Gilaubistu lib aftertode. Ih gilaub.
exorcizatur malignus sp̄s ut
20 exeat etrecedat dans locum dō.
Exi ab eo sp̄s ɪɴmunde et ʀedde
honorem dō uiuo et uero.,
Accipe .signum crucis xp̄i tam In
fronte quám Incorde. Sume
25 fidem caelestium preceptorum.́
Talis esto morib; ut templum dī

Interrogatio sacerdotis ·
forsahhistu unholdun Ih fursahhu ·
forsahhistu unholdun uuerc ·
indi uuillon · Ih fur puhihu ·
forsahhistu allem then bluostrum
indi den gelton. Indi den gotum thie
im heideneman zigeldom. enti zigo
tum habent., Ih fur puhhu ·
gilaubistu ingot fater almahtigan Ih
gilaubistu in christ :] gilaubu..
godes sun nerienton :· Ih gilaubu.,
gilaubistu in heilagan geist Ih gilaub
gilaubistu enan got · almahtigan ·
in thrinisse · Inti in einnisse · Ih gilaub.
gilaubistu heilaga gotes chirichun Ih git.
gilaubistu thuruh taufunga
sunteono forlaznessi · Ih gilaub.
gilaubistu lib after tode · Ih gilaut.
exorcizatur malignus spiritus ut
exeat et recedat dans locum do.
Exi ab eo sps inmunde et redde
honorem do uiuo et uero.·
Accipe signum crucis christi tam in
fronte quam in corde. Sume
fidem caelestium preceptorum ·
Talis esto moribus ut templum di

Quindecim modia *Gomor* faciunt.

Duo Gomor quod funt XXX. modia *Chorum* faciunt

Libre LXXII. *Talentum* efficiunt apud Romanos. a quibusdam
CXX. libre talentum faciunt

Lateris labrum, hoc eſt faƈtum de lapide, deſpeculo XL. battos
tollit: batus L. fextarios tollit

Calculus *Zantro*, *Creozolin*, *Chiſiline*

Calculus *Zala*

Satum vas eſt tale ficut modius, & intrat in ea XX. fextarios

Satis tribus, tres menfura

Vafata quinqne menfura

De Poeta ✳ Kazungali.

Dat ✳ *Fregin* ih mit firahim firi wizzo meiſta. †

Dat ero ni was noh uf Himil, noh Paum noh Pereg ni was
ni noh heinig noh Sunna ni fcein, noh Mano ni liuhta.

Noh der Mare feo. †

Do dar niu uiht niu uas enteo in venteo †

Do uuas der eino almahtico Cot mano miltiſto †

Dar warun auch Manake mit man cootlihhe Geiſto †

Cot heilac, Cot almahtico, du Himil †

Erdo ✳ uuorahtos †

Du mannun fo manac Coot for ✳ pifor gip mir in dina Ganada
rechta Galaupa †

Cotan willenn wiſtom enti fpahi da †

Craft Tiuflun za widarſtantaune †

Are Zapi wifanne †

Dinan willeon za ✳ uurchanne,

ANMERKUNGEN.

I. Zum Hildebrandsliede.

z. 1. *darüber stehn von einer wie es scheint nicht erheblich jüngeren hand, die aber doch zu manchen bedenken anlass bietet, die anfangsworte* ik gihorta dat seggen *wiederholt; im ms. ist alles bis auf das erste* i *und* g *lesbar. — In dem ersten* dat *sowie in* hadubrant *der folgenden zeile hebt sich der blasse querstrich der* d *deutlich von dem dunkeln untergrunde der* d *ab, scheint also später hinzugefügt zu sein. Weniger sicher ist dieses verhältnis beim zweiten* dat, *dessen* at *übrigens auf rasur steht. Nur in* gudhamun *scheint der strich ursprünglich zu sein. In der form unterscheidet er sich bei dem letzteren worte merklich von den drei andern, wenn auch der starke punkt am linken ende des striches im ersten* dat *nur ein fleck ist. —* urhettun; *es ist unmöglich* urheitun *zu lesen, wie die einfache vergleichung der charakteristischen* i-*form, namentlich in der verbindung* it, *bei der der kopf des* i *stets über das* t *hinausragt (vgl.* heittu 14, gihueit 15 u. s. w.), *lehrt.*

z. 2. hiltibraht; *von einer rasur ist, wie schon Grein gegen Massmann (Münch. gel. anz. 1850. XXXI. sp. 465) hervorhebt, keine spur zu entdecken. Der* n-*ansatz am zweiten* h *scheint jünger zu sein, wenn auch von derselben tinte. —* enti *vom* u *an auf rasur.*

z. 3. sunu; *das zweite* u *auf rasur.*

z. 5. hiltiu; *das zweite* i *ist, wiewol von erster hand, später zugesetzt, nicht ursprünglich mit dem* t *zu éinem zeichen verbunden, das den in alten hss. gewöhnlichen verbindungen von* m, n, r, h *u. s. w. mit* i *analog wäre.*

z. 8. *das ags.* w *ist aus einem* p *corrigiert, wie denn auch z. 22 deutlich* puas *für* wuas *geschrieben ist. — die angeblichen beiden punkte unter dem* h *von* folche *(Massmann a. a. o. 467) scheinen blosse flecke zu sein.*

z. 9. *die endungen* -hes *und* -sles *von* welihhes enuosles *auf rasur; ebenso das erste* s *von* sages *auf rasur für* g.

z. 10. *das erste* h *von* chunineriche *auf rasur. — am aussenrande des blattes stehn bei dieser und der folgenden zeile die schlussworte von z. 7 und 8,* fohem *und* eddo, *wiederholt. Beide worte sind im original bei richtiger beleuchtung vollkommen gut zu lesen.*

z. 14. n *und* h *von* forn her *auf rasur; desgleichen das* os *von* ostar, ehres *von* otachres z. 15, *das* r *von* sinero z. 16, -wahsan *und* sa *von* unwahsan *und* laosa z. 17.

z. 18. *von* hera& *kann ich nichts mehr erkennen als* he *und ein stück des* r.

z. 20. *es scheint fast als ob das erste* r *von* ummettirri *aus dem ersten zuge eines* n *corrigiert sei.*

z. 23. chonnem, *nicht* chorinem, *steht deutlich da; zu der etwas unregelmässigen gestalt des ersten* n *halte man die des letzten* n *von* gistontun z. 21.

z. 24. *wird wahrscheinlich* w&tu *gestanden haben; ausser dem im ms. vollkommen deutlichen* tu *und resten des ags.* ẇ *habe ich indess nicht mehr entziffern können.*

z. 28. ih; *das* h *ist aus einem* t *verbessert.* — *hinter* gibu *scheint ein buchstabe ausradiert zu sein.* — *an* hadubraht *ist nichts radiert oder 'angeschabt.'*

z. 31. mih; *das* m *aus* h *gemacht.*

z. 32. *die erste hand beginnt, nach der form des ags.* w *zu schliessen schon mit* ewin. — *der haken über dem* o *in* förtos *ist sehr blass und könnte daher mit demselben rechte für jüngern zusatz gelten wie die umstellungszeichen in z. 48, deren form ⸝ übrigens Grein in seinem facsimile durchaus unrichtig wiedergibt.*

z. 34. man *ist zweifellos.*

z. 35. heribtes *hat die hs., nicht* heribres, *wie Grein liest.*

z. 37 — 38. *die beiden 'starken dreieckigen punkte' am ende dieser beiden zeilen sind gewis ebenso zufällig wie der fleck unter* wela z. 37.

z. 41. *zu beachten ist hier die correctur in* scal, *sowie die in* eddo z. 42 *und* hregilo z. 48.

z. 43. aodlihho; *das erste* h *durch rasur aus einem* b *gebessert.*

z. 53. miti wäbnu *ist sicher; der erste zug des* m *zeigt in der mitte eine geringe verletzung.*

II. Zu den Zaubersprüchen und dem Taufgelöbnis.

z. 3. *der Zaubersprüche scheint die photographie* cuonio. uuidi. *zu bieten; die hs. hat von beiden punkten keine spur. — nach* insprinc *ist ein buchstab ausradiert, vermutlich* a.

z. 6. birenkicℓ *zeigt nur die in den älteren hss. (wie im drucken noch bis auf die neueste zeit herab) so üblich gewesene verbindung des* ct. *Grimm gibt unrichtig* birenkict.

z. 8. friia *ist vollkommen sicher.*

z. 9. 12. *man könnte, dem facsimile nach, versucht sein* conða, lið *zu lesen; das ms. selbst aber weist diese vermutung entschieden zurück. Selbst bei* lið z. 12 *ist kein grund zur annahme eines* ð *vorhanden, in sofern namentlich der im facsimile stark hervortretende punkt am rechten ende des scheinbar den aufsteigenden schenkel des* ð *durchkreuzenden striches nur ein zufälliger fleck, noch dazu von ganz anderer tinte, zu sein scheint.*

z. 18. *das zeichen am schluss der zeile ist mir unverständlich.*

Rücksichtlich des Taufgelöbnisses ist nur zu bemerken, dass die im abdruck durch grössere schrift ausgezeichneten überschriften, responsionen und initialbuchstaben in der hs. rot geschrieben sind.